Cyrano de Bergerac

FichesdeLecture.com

Cyrano de Bergerac
(Fiche de lecture)

I. RÉSUMÉ DE LA PIÈCE

Acte I ''Une représentation à l'Hôtel de Bourgogne''

En 1640, à l'Hôtel de Bourgogne, la représentation de *Clorise* va commencer. Un public nombreux va assister à *La Clorise*, une pastorale de Balthasar Baro. Dans la foule se mêlent bourgeois, voleurs, soldats, membres de la petite noblesse ainsi qu'un père qui veut faire découvrir le théâtre à son fils. Dans la salle se trouve aussi Roxane, une jeune femme précieuse, mais aussi Christian de Neuvillette, un jeune noble de province secrètement amoureux d'elle, et le comte de Guiche qui a lui décidé de marier Roxane à l'un de ses amis le Marquis Valvert. La pièce commence. Le rideau est à peine levé qu'intervient Cyrano, cousin de Roxane. Il interrompt la tirade de Montfleury, l'un des acteurs, et le chasse. Valvert intervient alors en se moquant du nez de Cyrano. Celui-ci déclame alors une tirade faisant l'éloge de son long appendice (la célèbre « tirade des nez »). Le marquis, qui n'a pas l'éloquence de Cyrano, est la risée de la salle. Le calme revient ensuite. Cyrano, lui aussi secrètement amoureux de sa cousine Roxane, a malgré sa laideur le bonheur d'apprendre que celle-ci lui donne rendez-vous le lendemain. Fou de joie, Cyrano, dont les forces se décuplent soudain, se lance à la défense d'un ami à qui cent hommes ont tendu un guet-apens à la porte de Nesle.

Acte II ''La rôtisserie des poètes''

Cyrano a rendez-vous avec Roxane chez son ami, le restaurateur Ragueneau. Ensemble ils évoquent leur enfance ; puis la jeune femme révèle à Cyrano qu'elle n'est pas amoureuse de lui, mais d'un jeune homme qu'elle lui demande de protéger. Elle ne lui a jamais parlé, mais connaît son nom : il s'agit de Christian de Neuvillette, dont elle a croisé le regard lors d'un spectacle à la Comédie. Christian vient d'entrer comme cadet dans la compagnie de Cyrano. Malgré son désespoir, Cyrano accepte la demande de sa cousine. Il se prend finalement de sympathie pour Christian et, ce dernier avouant son incapacité à parler d'amour, lui propose de l'aider à conquérir Roxane. L'affaire est entendue : Cyrano écrira les lettres d'amour à sa place. Christian accepte, ne se doutant pas que c'est un moyen pour Cyrano d'exprimer son amour.

Acte III ''Le baiser de Roxane''

Bien que courageux et bel homme, Christian est incapable d'avouer ses sentiments à Roxane. Alors qu'il vient lui faire sa déclaration d'amour sous son balcon, elle se plaint de son manque de conviction. Cyrano caché dans l'ombre intervient pour la séduire. La jeune femme est séduite par son esprit. Subjuguée, elle embrasse alors Christian, qu'elle trouve désormais si éloquent. Non seulement Cyrano accepte ce geste, mais il va même jusqu'à arranger aussitôt leur mariage afin de les protéger du comte de Guiche. Alors qu'un capucin accomplit la cérémonie, Cyrano retient le comte à la porte en lui racontant en détail comment il est tombé de la Lune. Le mariage est finalement conclu, mais, pour se venger, le comte envoie Christian et Cyrano combattre au siège d'Arras.

Acte IV ''Les Cadets de Gascogne''

Bloqués par les Espagnols, les Gascons sont affamés et se découragent. Cyrano, lui, franchit fréquemment les lignes ennemies pour faire parvenir ses lettres à Roxane (toujours au nom de Christian), et ce au péril de sa vie. Bouleversée par ces lettres, Roxane parvient à se rendre au siège d'Arras avec un carrosse rempli de vivres, afin de prouver son amour à Christian. Mais ce dernier vient de comprendre que Cyrano est en fait amoureux de Roxane, et que cette dernière aime en réalité la personne qui a écrit toutes ces lettres d'amour. Il exige alors de Cyrano qu'il se avoue la vérité à sa cousine, et court au combat afin de mourir. Il s'éteint d'ailleurs dans les bras de Roxane en lui laissant une dernière lettre écrite par son ami. Cyrano décide de se taire.

Acte V : "La gazette"

En 1655, soit 15 ans plus tard, Roxane est au couvent depuis la mort de Christian. Cyrano lui rend visite régulièrement et, ce jour-là, arrive blessé à la tête suite à une embuscade organisée par ses ennemis. Gravement touché, il n'avoue pas à Roxane qu'il est mourant, et lui demande simplement de pouvoir lire la dernière lettre laissée par Christian. Il le fait avec une si grande émotion et une telle aisance que Roxane s'interroge. Troublée, elle reconnaît cette voix entendue il y a des années du haut du balcon. Elle comprend alors que c'est de Cyrano dont elle a toujours été vraiment amoureuse. Elle croit retrouver son amour perdu ; mais elle le perd en fait doublement, car Cyrano va mourir. Cyrano meurt heureux, après avoir une dernière fois brandi son épée pour affronter la mort.

II. ANALYSE DES PRINCIPAUX PERSONNAGES

Cyrano de Bergerac est le personnage pivot de la pièce, véritable moteur de l'action. Rostand a développé un personnage d'une extrême richesse et très complexe, capable par sa seule humanité de nourrir l'ensemble de l'action. Car c'est bien grâce à lui que la pièce doit sa longévité. Héros romantique, âme intrépide, voire téméraire à certains moments (« *Il me faut des géants* », page 92), beau parleur, insolent, mais aussi tendre, torturé et ambigu, pétri de contradictions, il fait passer le personnage d'un adolescent parfois à un homme mature à d'autres moments, en passant par des phases à la limite du bouffon à l'italienne.

La grande force de Cyrano c'est de pouvoir éveiller chez le public une certaine tendresse à son égard, du moins une grande sympathie. Certes, il est laid : son handicap du nez proéminent est connu de tout le monde, mais cela le rend attachant. Il en va de même de son mépris des grandeurs qui asservissent, de son franc parler, de sa passion pour Roxane qui va jusqu'au sacrifice au profit de Christian. En vérité, il faut bien le souligner, il n'est pas toujours sympathique. Moqueur, incisif, parfois même méchant et amer, il a aussi un côté sombre. Mais son apparence de héros blessé, la détresse du personnage lui rappelle les faveurs du public.

Il y a donc une évolution dans le positionnement du personnage dans la pièce. En tant que lecteurs ou spectateurs, nous avons d'abord accès au côté extraverti de l'homme qui prend le théâtre à parti dans l'Acte I. Mais petit à petit, ce sont bien ses zones obscures qui se dévoilent, ajoutant à la complexité du personnage. Quoi qu'il en soit c'est un homme libre (« *être seul, être libre, vivant sans pactes / Libre dans sa pensée autant que dans ses actes* », page 291), libre de tout sauf de sa laideur. Il garde cependant toujours une impression de « raté », jusqu'au bout : « *J'aurai tout manqué même ma mort* » (page 310), et ce malgré son goût du « panache ».

Roxane est la cousine de Cyrano. Ils ont passé la plupart de leurs étés ensemble, étant enfants, à Bergerac. Sa personnalité évolue tout au long des cinq actes. La pièce s'ouvre en effet sur une Roxane précieuse fréquentant l'Hôtel de Bourgogne et les salons mondains, aguicheuse et puérile. Puis petit à petit les lettres écrites depuis Arras la transforment et elle devient une héroïne, plus adulte, de même que son amour, d'abord amour physique pour un joli garçon, devient de plus en plus pur, absolu. Elle se dégage du paraître au point de pouvoir aimer un homme laid.

Christian de Neuvillette est un jeune et beau provincial qui s'apprête à rentrer chez les Cadets de Gascogne au début de la pièce. Il ne manque pas de courage. Amoureux de Roxane, il en est aimé en retour. Grâce à l'aide de Cyrano, qui lui souffle ses mots, il séduit Roxane et l'épouse. Malgré tout, sa beauté laisse présager une sottise certaine que Roxane anticipe rapidement.

De Guiche incarne le rôle de l'opposant jusqu'au quatrième Acte. Du rival poltron il parvient à devenir un sage désabusé.

Le Bret est le confident, une sorte de double de Cyrano. Il ne parvient pas cependant à socialiser son ami.

Le pâtissier Ragueneau est le contraire heureux de Cyrano, celui qui dans la pièce nourrit les poètes.

III. THÈMES PERTINENTS POUR ABORDER LA PIÈCE

Cyrano, un personnage ancré dans la réalité

Edmond Rostand s'est inspiré de Savinien de Cyrano de Bergerac (1619-1655). Il n'était pas d'origine Gascogne cependant. Né à Paris dans une famille bourgeoise et après quelques années à la campagne, il retourna ensuite à paris et, jeune homme, mena une vie turbulente dans les cabarets parisiens. Son nez, comme le personnage de la pièce, était disproportionné et il en riait. Il fut tour à tour mousquetaire, et son courage devint légendaire ; mais après des blessures qui l'écartèrent d'une carrière militaire pourtant prometteuse, il se lança dans la littérature et entra au service du duc d'Arpajon. Son écriture est burlesque, animée d'un humour décapant, notamment dans ses *Lettres* (1654). Il adhère à l'idéal du mouvement libertin, qui considère que le monde est matière avant tout, et prône l'athéisme. Les libertins remettent aussi en cause l'ordre de la société, rêvant d'une plus grande liberté. Mais remettre en cause la religion et avec elle le pouvoir royal n'est pas sans risque et Cyrano en fit les frais. Ainsi sa tragédie *La Mort d'Agrippine* est-elle interdite. Ce n'est qu'un exemple parmi d'autres de la censure dont il fit les frais. Ses idées libertines et son athéisme lui attirèrent beaucoup d'ennemis, et il mourut d'ailleurs des suites d'un accident qui rappelait beaucoup un attentat, puisqu'il reçut une poutre sur la tête en passant sous un échafaudage – évènement repris par Edmond Rostand. De plus, Cyrano avait bien une cousine appelée Roxane et mariée à un baron, Christophe de Neuvillette. Le comte de Guiche est aussi un personnage historique, de même que le comédien Montfleury et même Ragueneau, que Molière mettra aussi en scène par la suite.

Cependant l'écrivain a su s'éloigner du personnage historique. Ainsi l'idylle amoureuse est une pure invention. On ne peut donc pas parler de copie conforme. Rostand a construit un personnage haut en couleur, l'a embelli, l'a en quelque sorte taillé sur mesure pour sa pièce.

Les forces de la pièce

Un style enlevé et bien construit

La pièce de Rostand comprend tous les éléments pour connaître un grand succès : une intrigue sentimentale parfaitement construite, avec de nombreux rebondissements ; un rythme effréné, un mouvement constant, une ébullition dramatique où l'action va parfois plus vite que les sentiments, un style enlevé.

On y trouve aussi bien des éléments comiques (ainsi le nez de Cyrano qui, comme il le déclare lui-même, le « *précède d'un quart d'heure* ») que des sentiments forts en lien avec l'intrigue amoureuse. Par la suite la pièce se charge d'éléments de plus en plus sérieux, de plus en plus sombres, voire pathétiques, jusqu'à devenir un drame romantique. Car Rostand est d'abord un romantique qui, comme Hugo ou Musset, a le goût de l'Histoire, des costumes, aime le mélange des rires et des pleurs, du sublime et du grotesque, de l'émotion et du panache… ses idées sur le théâtre rappellent celles données par la préface de *Cromwell* (Victor Hugo, 1827). Ainsi, comme dans les drames romantiques, l'action se situe dans un passé plus ou moins lointain, sur lequel on vient greffer des interrogations contemporaines. Les unités de temps et de lieu ne sont plus respectées, afin de donner tout l'espace nécessaire à l'action.

Un intérêt littéraire

Edmond Rostand a fait preuve de génie dans sa pièce. Virtuosité stylistique et facilité de dialogue sont au rendez-vous. Il utilise de nombreux outils de langage, en variant les tonalités (de la simplicité à l'élaboration), en utilisant de nombreuses références à la mythologie (« *manteau de Thespis* »), des expressions anciennes ou recherchées (comme la « *bourguignotte* » , un casque de soldat en usage du XVe au XVIIe siècle), des mots familiers (« *pif* »), de pures créations (« *à l'improvisade* »), des phrases à double sens (« *n'être aimé que pour ce dont on est un instant costumé* »), des pointes (« *tous les mots sont fins quand la moustache est fine* »)…

À ces éléments s'ajoutent de nombreuses figures de style (notamment dans la Tirade du nez), et une progression des tonalités littéraires : lyrique, dramatique, emphatique…

Ensuite il joue sur l'alternance des rythmes, en passant de longues tirades à des échanges rapides entre les protagonistes. La liste de ses forces littéraires est longue, mais on peut également relever l'utilisation de diverses formes du poème comme la parodie du récit du Cid par celui de Cyrano (pages 147 à 150).

Un intérêt documentaire (historique et social)

De nombreux éléments sont réels ou du moins dépeignent une réalité sociale et historique de l'époque de Rostand : il en va ainsi de la pâtisserie de Ragueneau, des cadets de Gascogne, du théâtre de l'Hôtel de Bourgogne, de la description du mouvement précieux, de Paris, de la guerre avec l'Espagne dans les Flandres… Edmond Rostand s'est donc donné un rôle de dramaturge peintre de son époque.

Un intérêt philosophique

Il est double. Il passe d'abord par une véritable réflexion sur la création littéraire : Cyrano veut, par les mots, transcender les injustices faites à son corps.

En second lieu, c'est une véritable réflexion morale sur l'amour qui se dessine au long des cinq actes de la pièce.

Avec tous ces éléments en tête, que retenir de la pièce au final ? Certainement pas un résumé uniforme en tout cas. C'est la destinée de l'œuvre qui semble le mieux répondre à cette question : véritable succès dès la première représentation (vingt minutes d'ovation et une critique dithyrambique), adaptation dans de nombreux genres artistiques (notamment au cinéma), des répliques et un nez entrés dans la culture populaire : Cyrano de Bergerac est devenu un mythe littéraire de façon peu commune, et a propulsé son auteur au rang des « Grands » de la littérature française.

Dans la même collection en numérique

Les Misérables
Le messager d'Athènes
Candide
L'Etranger
Rhinocéros
Antigone
Le père Goriot
La Peste
Balzac et la petite tailleuse chinoise
Le Roi Arthur
L'Avare
Pierre et Jean
L'Homme qui a séduit le soleil
Alcools
L'Affaire Caïus
La gloire de mon père
L'Ordinatueur
Le médecin malgré lui
La rivière à l'envers - Tomek
Le Journal d'Anne Frank
Le monde perdu
Le royaume de Kensuké
Un Sac De Billes
Baby-sitter blues
Le fantôme de maître Guillemin
Trois contes
Kamo, l'agence Babel
Le Garçon en pyjama rayé
Les Contemplations

Escadrille 80

Inconnu à cette adresse

La controverse de Valladolid

Les Vilains petits canards

Une partie de campagne

Cahier d'un retour au pays natal

Dora Bruder

L'Enfant et la rivière

Moderato Cantabile

Alice au pays des merveilles

Le faucon déniché

Une vie

Chronique des Indiens Guayaki

Je voudrais que quelqu'un m'attende quelque part

La nuit de Valognes

Œdipe

Disparition Programmée

Education européenne

L'auberge rouge

L'Illiade

Le voyage de Monsieur Perrichon

Lucrèce Borgia

Paul et Virginie

Ursule Mirouët

Discours sur les fondements de l'inégalité

L'adversaire

La petite Fadette

La prochaine fois

Le blé en herbe

Le Mystère de la Chambre Jaune

Les Hauts des Hurlevent

Les perses

Mondo et autres histoires

Vingt mille lieues sous les mers

99 francs

Arria Marcella

Chante Luna

Emile, ou de l'éducation

Histoires extraordinaires

L'homme invisible

La bibliothécaire

La cicatrice

La croix des pauvres

La fille du capitaine

Le Crime de l'Orient-Express

Le Faucon malté

Le hussard sur le toit

Le Livre dont vous êtes la victime

Les cinq écus de Bretagne

No pasarán, le jeu

Quand j'avais cinq ans je m'ai tué

Si tu veux être mon amie

Tristan et Iseult

Une bouteille dans la mer de Gaza

Cent ans de solitude

Contes à l'envers

Contes et nouvelles en vers

Dalva

Jean de Florette

L'homme qui voulait être heureux

L'île mystérieuse

La Dame aux camélias

La petite sirène

La planète des singes

La Religieuse

1984 A l'Ouest rien de nouveau

Aliocha

Andromaque

Au bonheur des dames

Bel ami

Bérénice

Caligula

Cannibale

Carmen

Chronique d'une mort annoncée
Contes des frères Grimm
Cyrano de Bergerac
Des souris et des hommes
Deux ans de vacances
Dom Juan
Electre
En attendant Godot
Enfance
Eugénie Grandet
Fahrenheit 451
Fin de partie
Frankenstein
Gargantua
Germinal
Hamlet
Horace
Huis Clos
Jacques le fataliste
Jane Eyre
Knock
L'homme qui rit
La Bête humaine
La Cantatrice Chauve
La chartreuse de Parme
La cousine Bette
La Curée
La Farce de Maitre Pathelin
La ferme des animaux
La guerre de Troie n'aura pas lieu
La leçon
La Machine Infernale
La métamorphose
La mort du roi Tsongor
La nuit des temps
La nuit du renard
La Parure

La peau de chagrin

La Petite Fille de Monsieur Linh

La Photo qui tue

La Plage d'Ostende

La princesse de Clèves

La promesse de l'aube

La Vénus d'Ille

La vie devant soi

L'alchimiste

L'Amant

L'Ami retrouvé

L'appel de la forêt

L'assassin habite au 21

L'assommoir

L'attentat

L'attrape-coeurs

Le Bal

Le Barbier de Séville

Le Bourgeois Gentilhomme

Le Capitaine Fracasse

Le chat noir

Le chien des Baskerville

Le Cid

Le Colonel Chabert

Le Comte de Monte-Cristo

Le dernier jour d'un condamné

Le diable au corps

Le Grand Meaulnes

Le Grand Troupeau

Le Horla

Le jeu de l'amour et du hasard

Le Joueur d'échecs

Le Lion

Le liseur

Le malade imaginaire

Le Mariage de Figaro

Le meilleur des mondes

Le Monde comme il va

Le Parfum

Le Passeur

Le Petit Prince

Le pianiste

Le Prince

Le Roman de la momie

Le Roman de Renart

Le Rouge et le Noir

Le Soleil des Scortas

Le Tartuffe

Le vieux qui lisait des romans d'amour

L'Ecole des Femmes

L'Ecume Des Jours

Les Bonnes

Les Caprices de Marianne

Les cerfs-volants de Kaboul

Les contes de la Bécasse

Les dix petits nègres

Les femmes savantes

Les fourberies de Scapin

Les Justes

Les Lettres Persanes

Les liaisons dangereuses

Les Métamorphoses

Les Mouches

Les Trois mousquetaires

L'étrange cas du Dr Jekyll et de Mr Hyde

L'Ile Au Trésor

L'île des esclaves

L'illusion comique

L'Ingénu

L'Odyssée

L'Ombre du vent

Lorenzaccio

Madame Bovary

Manon Lescaut

Micromégas

Mon ami Frédéric

Mon bel oranger

Nana

Ne tirez pas sur l'oiseau moqueur

Notre-Dame de Paris

Oliver twist

On ne badine pas avec l'amour

Oscar et la dame rose

Pantagruel

Le Misanthrope

Perceval ou le conte du Graal

Phèdre

Ravage

Roméo et Juliette

Ruy Blas

Sa Majesté des Mouches

Si c'est un homme

Stupeur et tremblements

Supplément au voyage de Bougainville

Tanguy

Thérèse Desqueyroux

Thérèse Raquin

Ubu Roi

Un Barrage contre le Pacifique

Un long dimanche de fiançailles

Un secret

Vendredi ou la vie sauvage

Vipère au poing

Voyage au bout de la nuit

Voyage au centre de la terre

Yvain ou le Chevalier au lion

Zadig

À propos de la collection

La série FichesdeLecture.com offre des contenus éducatifs aux étudiants et aux professeurs tels que : des résumés, des analyses littéraires, des questionnaires et des commentaires sur la littérature moderne et classique. Nos documents sont prévus comme des compléments à la lecture des oeuvres originales et aide les étudiants à comprendre la littérature.

Fondé en 2001, notre site FichesdeLectures.com s'est développé très rapidement et propose désormais plus de 2500 documents directement téléchargeables en ligne, devenant ainsi le premier site d'analyses littéraires en ligne de langue française.

FichesdeLecture est partenaire du Ministère de l'Education du Luxembourg depuis 2009.

Plus d'informations sur www.fichesdelecture.com

ISBN: 978-2-511-02879-7

Notes :